KB197366

어느 누구에게도 다정함을 은폐하기로

01 핌 시인선

어느 누구에게도 다정함을 은폐하기로

초판 1쇄 인쇄 2024년 11월 1일
초판 1쇄 발행 2024년 11월 29일

지은이　옥지구
펴낸이　맹수현
펴낸곳　출판사 핌
출판등록　제 2020-000269호 2020년 10월 6일

주소　　서울시 마포구 신촌로2길 19, 3층
이메일　bookfym@gmail.com
팩스　　02-6499-5422

편집　　이영숙
디자인　기경란
인쇄　　천광인쇄사

ISBN 979-11-988088-1-3 03810

어느 누구에게도 다정함을 은폐하기로

/

옥지구

01 필 시인선 | 출판사 필

이 작품집은 한국문화예술위원회 2024년도 예술단체의 예비예술인 최초발표지원을 통해 제작되었습니다.

시인의 말

안녕 친구들, 겨울이 지나가기 전에
꽃 피는 걸 보고 싶으면
자기 뼈를 깎아야 한대

절망을 여러 번 씹어 봐
은은하게 반짝이는 빛의 맛이 느껴질 거야

차례

1부
╱

2부

/

3부

/

1부

오디즘Audism°

난 절망한 당신들의 눈빛을 관찰하고 싶어

악오르게 울고 나서야 오, 오디즘
난 그대들이 원하는 일원으로 진실하지 못해
굴복하는 연기를 하기 직전에 난 나를 미운 듯이

오, 오디즘

인공 달팽이관 속에 깔린 노이즈에
거의 죽어가는 유리알들이 무질서하게 움직인다

극복해야 해, 살아남을 수 있어
글쎄, 당신들의 기준이 내 것이었나
이러다가 더 결핍될지도 모르고
나를 고백하는 지구력이 초라해지고

이게 최선인가요
다른 방법이 없나요

사회적인 천사들, 나를 하대하는 그대들의 눈빛은 아름답지
그토록 은은하게 사악할 줄도 몰랐지

오, 오디즘, 오디즘

너 지금 어디쯤이니
뒤돌아서 가늘어진 비명으로
나만 아는 곳에서 가시꽃이 피어난다

소리 세포는 이미 영면에 든 지 오래되었다
'청' 완벽주의자들이 흘리는 눈물을 딱딱해진 내 손으로
열광적으로 닦아주느라 눈물 덩어리가 부담감으로

힘껏 나를 가엾게 여기는 것들을
목을 잠기게 하는 영광으로 돌려줄 테니

오 오디즘, 오디즘

○   오디즘Audism 청인이 우월하다고 믿고 농인에게 청인처럼 행동하라고
하는 청능주의.

유리 조각

바닥에 떨어지자마자
날카롭게 소리지르는 유리
동글동글한 선이 뾰족해진다
겨울 조각의 잔향이 얼얼하다

결국 원치 않는 모습을 입었죠

사람들은 예쁘다고 울지만
쉽게 유리 조각을 만질 마음은 0°

유리 조각이 고요한 손짓으로 나를 부른다
다시 불을 보고 싶어졌다고
다시 거기에 돌아갈 것이라고

나는 어떤 말을 해줄 수가 없다
근본적인 따뜻함의 원리를 잊어버려서

○   0 '없다', '사라졌다', '불가하다'의 의미를 대체하는 농인식 수어 표현.

ㅍㄱㅅㄹㅇ ㅇㄹㅈ°

애야 누가 뭐래도 훌륭한 사람이 되어야만 해
바보가 되기 싫으면 시각에 의존하지 마
좋은 사람이 되고 싶으면 말을 잘 들어야 해

생존의 법칙에 착한 아이 증후군이라는 도구가 있다 어른의 미움을 사면 안전한 그룹에서 배제당해야 하므로 입을 크게 벌리고 목젖을 날카롭게 자극하기 **ㄱㄴㄷㄹㅁㅂㅅㅇㅈㅊㅋㅌㅍㅎ 가나다라마바사아자차카타파하** 발음이 틀리면 뺨을 맞기 발음이 안 예쁘면 외모 지적을 당한다 또 또 틀리면 간식 없기 밥 안 주기 벌주기 매 맞기 열 손가락에 가시가 돋아나고, 손바닥과 손등에 많은 구멍이 생겼다 환공포증에 걸릴 것 같은 걱정에 서로 어른들 몰래 가시를 제거해준다 새끼 양을 빙의하면 매를 맞는 일이 없겠지 걱정 마 너도나도 손을 움직이면 안 돼 유난스럽게 떨지 말자 별거 아니야 안 되겠다 서로 손을 잠금하자 우리 말을 해야 돼 어떡하지 몰라 너만 난리 안 피우면 돼 사실 걱정이야 지화를 잊어버리면 손가락 근육이 굳어질까 봐 **ㄱㄴㄷㄹㅁㅂㅅㅇㅈㅊㅋㅌㅍㅎ 가나다라마바사아자차카타파하** 저 언니를 봐봐 인공와우를 내팽개치고 귀신을 빙의하잖아 어쩐지 밤이 올 때마다 울더라 친구야 언니야 동생아 나 아는 애가 꿈이 있대 지금 이미 엄마 아빠 없는 여덟 살이지만

열여덟

애는 하고 싶은 일을 찬양하는 것은 도덕적이라고 말하는 예비혁명가 발음이 틀려도 좋아 여전히 지적의 화살을 피하지만 10년 동안 음성을 사랑하는 척하느라 웃음이 메말랐어 어른들이 말한다 너는 말을 할 줄 알고 착해졌지 타인들을 생각하는 마음이 예쁘지 혹시 대학교에 진학할 생각이 있는 건 아니지? 직업반에 들어가고 싶지 않아? 설마 문예창작? 국어국문학과? 애, 현실적으로 생각해 너 같은 애가 그곳에 가면 과연 사람들이 너를 환영해줘? 국어 시험지를 안 봤어? 그게 딱 네 수준이야 사실 그거 한국어 시험이잖아요 라고 말하려다가 혀가 꼬인 바람에 아 맞네요 선생님 말씀이 맞아요 제가 생각이 짧았죠 가방을 오염시키고 밖으로 뛰쳐나간다 헝거의 무게를 맛본 뒤 다시 이불 속으로 돌아온다 할머니가 격노하셨지 야 너 어른들이 정해주신 길을 따라가야지 기술을 배우고 그래야지 할아버지가 슬퍼하셨지 애야 무모한 짓을 하지 마렴 아니 할아버지 얼마 전에 세상을 개척하라는 말씀을 하셨으면서

스물여덟

애는 앞니에 '혁명'이라는 글자를 새겨서 기쁜 반항아 미움을 많이 받느라 병원에 가는 횟수가 빈번해졌다 얼마 전에 현학적으로 지식을 남발하면서 동족을 무시하는 농인의 이마에 들이받혔다 지친 애인이 말한다 너 언제까지 난폭적으로 살래 너 지금 자신을 봐 우리 언제 결혼을 준비할 거야 넌 열여덟이 아니야 스물여

덟이야 다툰 뒤 헤어져 하루의 끝을 맞은 기념으로 교활하게 라스트 댄스를 마지막으로 전 애인의 집에 하소연을 내뱉은 뒤 욕조에서 입술이 터져 피를 흘리던 기억들 늘어나지 못한 수어 실력 지저분해지는 구어 발음 아직도 이름이 없냐는 소리를 듣고 싶어서 매일 계단을 올라간다 나를 내버려 둬 아 맞다 비난을 받을수록 오기가 더욱더 지독히 아름다워지는 법이지 착하게 사는 법을 잊어버렸어 어떤 일에 의미를 부여할 기운이 낡아졌어 마음 치료 수법이 되지 못하니까

서른여덟

애는 나이가 조금 있는 사람과 서로 탐닉하고도 동경해서 결혼하더니 그의 예술성이 더 훌륭해졌고 대중적으로 사랑을 받게 되었다 외로워진 애는 그의 다정했던 눈빛이 그리워서 이혼 서류를 내밀었다 도장을 갖고 와 이 집은 내가 가질게 생각할 만한 요소가 너무 복잡해 너는 아니지 술에 절고 새로운 것들을 탐구하느라 예술의 폭이 넓어졌어 겁쟁이가 아니면 완벽했을 텐데 여보, 너는 영감을 받기 위해서 나를 원했고 나는 수어하는 너의 모습이 오묘하게 빛나서 부러웠지 헤어진 지 6년째 깊게 파여 있는 내 한쪽의 보조개에 꽃세포를 심은 뒤 쭉쭉 자라는 꽃을 우주에 등기로 발송한다 이 꽃은 국화 향이 나는 장미야

서른여덟이 된 지 팔 개월

애는 다시 한번 더 말한다 하고 싶은 일을 구원하는 것은 도덕적이라고 말하는 예비혁명가 다시 한번 더 말한다 바늘의 끝에서 규칙이 없는 자세로 발레를 하는 반항아 젊음의 계약기간이 만료되었고 이 집을 반납해야겠지 저질렀던 실수들을 10년 간의 연속적인 영광으로 만회하느라 노화 속도가 빨라졌다 아쉽지 않아 길거리에 가 보면 수어하는 사람이 많아졌어 인공와우 사업이 기력을 잃은 날 병리학적인 시선이 죽었지 다행이야 지하집을 갖기 위해 땅을 팠더니 마흔여덟 사람이 내 손목을 붙잡는다 너 아직 죽기엔 젊어

혹시 저라는 인간은 당신인가요

정말 모르겠니?

미움을 여행하느라 자아를 부수는 사람
무일푼을 두렵지 않은 척하는 독한 년
찬사받아야 할 위치에 횃불을 지핀 나
하고 싶은 일들을 실현시킨 혁명가

○　ㅍㄱㅅㅇ ㅇㄹㅈ 파괴스러운 유랑자, 프랑수아즈 사강의 "나는 나를 파괴할 권리가 있다"에서 영감받음. 마약 혐의로 기소되었을 때 법정에서 그녀가 자신을 변론한 내용 중 일부.

서류를 작성하기 전에

뒷방에서 상상해요
빈약한 기쁨이
성대에 매연을 뿜는다면
시끄러움은 침묵과 번거롭게 인연을 맺죠

성실하게 사랑하기 위하여

의무적으로 구어를 배우고
면봉으로 커질 수 없는 귓구멍의 크기를 키우고
입 모양 대신 불완전한 귀 한쪽에 의지하고

소리의 잡음을 고통스럽게 견디면서
살아왔더니 벌써 기혼자가 된 지 16년

유쾌하지 못한 소식이 들려온다

코로나 팬데믹
'마스크 착용 필수'

위이잉
서걱서걱
끼-익-이-이

밖에서 들려오는 소음은 도피를 꿈꾸게 한다

소리 없는 세상을 환영하는 곳으로 도망쳤더니
애석하게도 안내원들은 청인들

주머니에서 펜을 꺼내 손바닥에 쓰기 시작했더니

네 고객님
무엇을 도와드릴까요
우다탕, 마스크 속 수수께끼
이해하셨나요
여기서 숨을 잘 쉬는 게 핵심이에요

하하 허허 호호 히히 헤헤

살고 싶은 마음은 이산화탄소로
신비롭게 진화해요 양심이 어디에 있길래
가벼운 보디랭귀지를 무쓸모라고
내 손을 덥석 잡는 당신들
혈기왕성한 내 두 손목이 잘릴 위기에 처합니다
흐르는 눈물을 닦을 손이 없어서
제가 좋아하는 농담을 노래하겠습니다

당신들과 이혼하겠어요

이제, 다시는 몰라

파-°

땅속 다양한 파를 뽑기
양파 대파 쪽파 봄파 일파 실파
먹을 수 있는 파가 소멸 불가

내 땅의 가능성을 캐낸다

아랫입술과 윗입술이 마찰을 일으키고
아주 가볍게 손 키스를 날리듯이
손바닥의 끝을 입술에 살짝 댔다가 파-

할 수 있어 가능해 파-
사소한 의심 파기 불가
채소 파를 자주 드시면
할 수 있는 게 많아집니다

안 되는 게 뭐가 있나요 파-
해보지 않으면 알 수 없어서°°
파-를 많이 드셔야 합니다 파-

입 냄새는 신경쓰지 마세요 파-
숨을 내뱉지 않으면 되니까요 파-

웃고 있는 미소를 고정시키기 파-

거울을 봐요 얼마나 파릇한지를

파- 파-

파--

파- 파-

파--

먹을 수 없는 파는 없음!

용기를 증가시키고 싶으면

파 요리에 다양한 소스를 첨가해요

애증을 학습합시다

애매한 정체성일 때 이 질문을 당합니다

농세계에 무비자로 입국하면
당신은 구화인입니까 농인입니까
청세계에 눈칫밥으로 입국하면
어느 나라에서 오셨죠? 설마, 중국인이에요?
고생이 많으시네요 니하오 워 아이 니 셰셰

지겹기 짝이 없습니다
이번 생에서 짝꿍을 못 찾을 것 같습니다

언어를 분실하고 싶어서
내 땅을 폐기하려는 순간
섬섬옥수가 유려한 농인과 사랑에 빠졌고
지나가는 길거리에서 배회하는 향기로운 노랫말들

모국어처럼 우정하기
비수지 수어의 매력을 탐구하기
외국어처럼 사랑하기
청인의 문화를 연속적으로 체험하기

어느 누구에게도 사랑한다고 얘기하면
하루를 연장할 이용권을 얻는다

경쟁을 찬양하는
낡은 유토피아 측에
낯간지러운 웃음을 선사하기
솔직해지고 싶은 내 심리를 보고한다

내 작은 손을 보세요 모국어처럼 우정하기

어제와 오늘의 나는 진심이 궁핍해서 고독사를 당할 뻔하고

상처를 치유할 수 없는 곳에서 구매한 소총을 사나운 눈보라에
내던진다
솔직할 줄 모르는 인간으로 차분하게 눈치 챙기기

내 목소리 평가를 자제해주세요 외국어처럼 사랑하기

초록 주황 빨강
아스팔트 위에서
왼쪽 오른쪽
여기저기
예고 없는 흐름에 따라
점점 팽창하는 집중력

횡단보도에서 사랑했던 사람의 충고를 꺼내 볼까요
청인이 내 어깨를 다독거리면서 종이를 건넨다
눈치 보지 않으셔도 됩니다 곧 하늘이 어두워집니다
나는 종이를 들고 가방을 싸서 칼퇴근한다

이런, 당신은 참 겁이 많고도 당차군요

네? 아, 네
감사합니다
그 말이 듣고 싶어서
감정을 학살한 지 며칠 됐어요

유한적인 결말을 맞이하기 전에
추워질수록 서로 갱신하며 살아야 해요°

모국어처럼 사랑하기
청인의 갑옷을 벗는다
외국어처럼 우정하기
발음 오류에 겁먹지 않기

°   〈2019 아이유 투어 콘서트 러브포엠 인 서울〉에서 아이유의 "이런 때일
수록 서로 많이 사랑해야 해요." 멘트 변용.

편두통

오늘도 쇠구슬이 뇌 속에서 굴러간다

웃는 시간이 참 길었지
우는 시간도 제법 짧았고

올라간 입꼬리가 뾰족해진다 각막도 건조해졌고
정면으로 타인의 웃는 얼굴을 감상하는 시간이 짧아지네

그래도 뭐, 살아야지

미움의 시선들을 막을 힘을 길렀더니
눈치를 보는 양이 과다해서 뇌가 돌아갈 뻔하고

키야아아 키야아아
정체불명의 예민함이
내 안면을 강타한다

공기의 냄새와
공기의 소리와
공기의 빛마저
나의 적군으로

눈알이 튀어나오기 전에

도수 높은 안경과 연결고리 인공와우

들고 있는 종이 가방에 집어던진다

회복력이 쇠약해질수록

신경선의 리듬이 산만해진다

시계를 바라보는 내 맥박수는 사나워지고

안구통이 화려해질수록

사람들을 바라보는 나의 긍정이

그리 짠한 줄 몰랐네

반사적으로 얼굴을 가렸던 두 팔을 내렸다가, 결국

숨이 막힐 정도로 조였던 시야가 흐려지고

눈동자의 색은 조금 낡아졌네

매미 사체에서 환청처럼 울음소리 들려온다

멜랑꼴리하고 장난꾸러기 소녀

작은 화면 속에 멜랑꼴리하고 장난꾸러기 소녀는 정해진 틀에서 자유의 세포를 번식시킬 것이라고 발표한다 소녀는 과거 18일 18시 18분에 태어났다 주로 한국 직장인들이 18시에 퇴근하는 까닭은 십팔증후군을 앓고 있기 때문이라고 주장한다 지인이 가끔 스트레스를 해소하기 위해 스파하러 간다고 TMI를 털어낸다

현재 나와 함께 시청하고 있는 다른 소녀는 나의 오른쪽 귀에 속닥거린다 유감스럽게도 내가 농인인 걸 모르고 가끔 기자가 뉴스에 시끄러운 일을 보도할 때마다 쟤 이렇게 중얼거려 삶이 십팔스러워서 온 세상이 자극적으로 십팔스러워질 수밖에

나도 너네처럼 열여덟이 되어버린 적이 있었지 유치하게 꿈만 꿨어 스물여덟이 되면 시집만 있는 서점에서 시간과 시를 파는 시팔로 살 작정이라고

방금 귓속말을 하던 소녀는 내일 스물여덟이 된다며 짐을 싸서 떠난다

나는 너희들을 알아 초승달 아래 그림자처럼 너네 행복해지기 싫어하는 겁쟁이일 뿐이지 행복이 별거 아니라고 별들이 속삭일 때조차 믿지 못하는 너희들, 그럼에도 너희들의 마음을 내 머릿속에 저장할게 안개가 구름에게 애정을 속삭이듯 난 남몰래 애정을 바치는 설명서를 갖고 있어 너희가 우울해질 때마다 타인들이 거북

스러워하겠지만 나는 멜랑꼴리한 너희들의 장난기를 사랑스럽게 보겠어 살고 있는 행성에 도발적으로 상처 입히는 너희의 모습은 별똥별처럼 나의 영광이 될 거야 너희는 통증을 극대화시키며 불꽃처럼 고통을 연소하겠지 아직 허술함의 부류에 속하지 않으니 지금 안심해도 늦지 않아 나는 너희의 사랑스러운 점들을 고찰해서 세상에 고발할 테니 가슴에 사랑스러운 별을 달고 독하게 살아줘 미안하지만 다시 말할게 아직 허술함의 부류에 속하지 않으니 지금 안심해도 늦지 않아

자유의 시그너처

*Kitsch*하게 살래 *Hippie*스럽게 춤추자
사랑은 곧 *Vintage* 너와 나의 이름은 *High teen*

나는 타인들이 싫어하는 것들을 사랑하고 싶고
좋아하는 것들을 끝까지 간직하고 싶은 생명체

나는 나의 언니가 되어야 한다
우월적인 눈빛에 첨예하게 고백하기로

발음이 왜 그렇습니까 아이고 당신의 가족이 참 고통받으셨겠네
요 말씀을 잘 듣고 말 연습을 멈추지 마세요 기도할게요 우리 교
회에 오실래요 아니면 제일 친한 의사를 소개해 줄게 머리카락을
귀 뒤로 넘겨 그래야 소리 잘 듣지 얼굴이 예쁜데 참 안타깝군 살
도 좀 빼 몇 살이야? 시집가야지 너와는 다른 남자를 만나 결혼해
야 정상적인 아이도 낳지

예, 감사합니다

차R

그쪽은 모른다 나는 양면적인 사회가 원하는 사람으로
태어나려다가 굴욕을 구토하지 못한 병으로 죽을 뻔했단 걸

창문 틈에 들어오는 바람을 잔빛이라고 부른다
불쾌한 다정함 때문에 건조한 미소를 딱딱한 침대에 눕힌다

술자리에서 처음 보는 동족들마저 아쉬운 마음에 나를 알고 싶은 척한다

너는 세상을 살아가는데 모르는 게 많아서 문제야 우물 안 개구리가 될 작정을 했니?
너 4차원이라는 기질이 강하다는 소문을 들었어 유치한 장난을 자제하렴 왜 그렇게 살아

감히 허락 없이 나의 스승이 되려고 한다 내가 싫어하는 개구리 시체를 주워서 던질까 말까

미묘한 눈씨름에 깨진 술잔들이 별 조각으로 흩어진다
우리 머리 위에서 눈치 보며 조심스레 어두워진 조명
통금 시간이 나의 끝나지 않는 열변을 가둔다
내가 좋아하는 책 몇 권 정도 그 자리에 두고 밖으로

월세 전세 / 자동차 모델명 / 직업 및 이력을 따질 시간에
숙취해소용으로 당신들의 머리나 샴푸하길 바라며

비웃고 싶어서 신발을 던지고 도로에서 달리기를 한다

회색이 된 양말 두 켤레를 회색빛 안개 속으로 멀리 던진다
파란 심장에서 생성된 소금맛 젤리를 질겅질겅 씹어먹고
버스 정류장엔 산산조각 낸 일기 조각들

호불호 뭐라고 호호호 간지러워라
참을 수가 없어서 난 나를 고백하겠어
좋지 않음과 좋음에 선이 없어 이 망할 것들
사람들이 좋아하는 것을 내가 좋아해야 하는 제도가 없지

난 나랑 연애하는 게 더 빠르겠어

일자의 맛있는 출발

맛있는 디저트를 먹을 때 무조건 오른손

검지로 입술 밑을 스친다 빨강

오므린 손끝을 코에

두 번 댄다 딸기

오른손 주먹을 쥐고

검지를 펴

입술에 가까이 대고 힘차게 후!

안으로 원을 그린다 케이크

딸기 케이크는 기쁨의 정석, 미학적이지

빨강 가발을 씌우고

하얀 옷을 입고

매일 하루의 끝에서 파티하자

화려하지 않아도 괜찮아

잠자기 전에 딸기 케이크 한 조각

사랑스러운 마음이 살쪄야지

죽어가는 기쁨이 건강해져

별이 창문을 통과하는 즈음에

케이크 시트 속 앙금을 파야지

천천히 씹다 보면

다양한 맛이 무지 많다는 걸 알게 될 거야

도피자를 위한 피자계 서브웨이

도피자들이 오로지 생계를 유지할 수 있는 곳은 피자 가게

받을 수 있는 손님은 오로지 도피자

피자 한 조각 무료 시식할 수 있는 손님도 오로지 임시 도피자

도피자가 만든 피자 가격과 종류는 천차만별
토핑 종류는 행성에 맞먹을 정도지

주문 방법은 매뉴얼에 있습니다

농인을 위한 수어 매뉴얼
청인을 위한 구어 매뉴얼
농인을 위한 필담 매뉴얼
청인을 위한 음성 매뉴얼

외국 농인을 위한 국제 수어 매뉴얼
외국 청인을 위한 구어 통역 매뉴얼
외국 농인을 위한 필담 번역 매뉴얼
외국 청인을 위한 음성 통역 매뉴얼

부끄럼이 많은 도피자 손님을 위한 그림 매뉴얼

[피자 종류]

인생피자 책피자 인상피자 허리피자 해피자 꽃피자 사랑피자 웃음피자 팔자피자 다리피자 주름피자 얼굴피자 가슴피자 형편피자 돈피자 미간피자 팔피자 몸피자 눈피자 우정피자 화해피자 여행피자 결혼피자 경제피자 꿈피자 희망피자 미소피자 담배피자 행복피자 지갑피자

[토핑 종류]

눈물토핑 구름토핑 햇살토핑 소금토핑 모래토핑 눈알토핑 심장토핑 우박토핑 다이아몬드토핑 바람토핑 호박토핑 김치토핑 치즈토핑 고구마토핑 감자토핑 불꽃토핑 쌈토핑 비몽사몽토핑 구멍토핑 눈토핑 보석토핑 바나나토핑 별토핑 번개토핑 벨벳토핑 사랑니토핑 조개토핑 윙크토핑 명랑토핑 새싹토핑

반죽은 본인이 좋아하는 색깔의 맛과 질감
온도는 도피전문 요리사의 손에 맡깁시다
도피자 캐셔에게 커스텀 피자 비용을 지불하기

음료수는 여기서 우는 사람이 많아서 판매하지 않습니다 외부에서 가져오셔야 합니다
싸움을 잘하고 싶으면 세 판 이상 주문하셔야 하구요 1패 2승을

얻으면 살기 편해집니다

맛있게 드시는 방법에 정답은 없습니다 누가 쫓아오지 않으니 걱정하지 마십시오

사랑하는 도피자님 맛있게 드세요

가십거리 정보 영수증

주문번호 : 공사공사
주문일시 : 이공삼팔-공칠-공육 십삼 시 팔 분

결제방식 : 눈치 싸움 (서열 확인 필수)

·············· 고객 요청 ··············
농인입니다 / 필담 필수
- -

메뉴	수량	교환 및 검사
스마트폰	한 개	인맥왕
그림일기장	한 권	손재주
소문의 뿌리	한 포기	끈기
거짓말 떡밥	한 박스	돋보기
증언의 독백	한 명	SNS
선글라스	두 개	시력측정표
탐정가	한 명	믿음

합계금액 :   **두 장 서약서**
(그림 / 시 / 산문 중 하나만 선택)
청구금액 :   **어길 시 거짓말 탐지기 실행**
- -

상 호 : 맛있는 비밀 상점
주 소 : 거품과 질소가 풍부한 곳
사업자NO : 당신의 궁금증을 해결해 드립니다.
대 표 자 : 장난 전문가, 농담 기술자
전화번호 : 안면 튼 사이 (겹지인 선택적 허용)

경고 : 이 영수증은 평생 소지하시길 바랍니다.
분실 시 법적으로 문제가 발생할 수 있으니 유의하십시오.

당신은 이 영수증을 믿습니까?

지금 당장, 미래에 일어날 일을 부정해도 불이익을 받지 않습니다

일단 안심하시고 한 번 더 읽어주세요

반대편 멀티버스 지구에 사는 20대 논란의 화제 인물 인터뷰: 수심에 관하여

가끔 어린 시절의 추억이 격렬해질수록 퍼지는 냄새가 역겨워서
종종 울기 어렵거든요

아스팔트 위에 닿으면 폐수에 잠식되어 버리죠

기자님들은 내 청력을 끈질기게 궁금해 하시더라고요
저는요, 그들이 어떻게 기자가 되었는지 조금 신기할 뻔했어요

의도가 없으니 오해하지 말아요

세 살 무렵, 한여름 소나기가 내 청력을 훔쳤어요
감정 과잉을 하는 신이 양심의 가책 때문인지
겨우 내 목숨을 되돌려주셨지요
그래서 수심이 깊은 물을 좋아하지 못해요
특히 바다는 정말 싫었어요
공활한 물속에 뭐가 있는지 알 수 없어서요
사랑했던 사람들이 너무 좋아해서
지금은 좋아한 지 꽤 됐지만

또 다른 일이 있었어요

하천에서 낙상 사고를 당했던 일은 동갑내기 코찔찔이의 작품이
었어요

순수한 악을 가진 다섯 살배기 아기 실험자였어요

그토록 사랑스러운 얼굴
못생긴 구석이라고는 찾아볼 수 없었기에 등에 닭살이 돋았어요
그 아이는 단지 청력이 없는 사람의 대처 능력을 알고 싶었나 봐
요 머릿속이 심심했겠죠
멀리서 달려온 어머니는 숨을 거두기 직전의 저를 물속에서
꺼내셨지요

알고 있었어요 어머니의 손이 더 외로워졌다는 것을

가끔 물을 지나갈 때면
공포는 공포일 뿐이라고
소리지르는 낙을 즐겼어요
열다섯 살짜리 제가 할 수 있는 건
중2병을 활용해서 노는 것뿐이었죠

주위 사람들이 커다란 내 두 눈을 잡아당겼어요
물 싫어하는 네가 수영을 배우겠다고? 배짱이 있어?
혼잣말로 중얼거렸어요

난 나에게 멋져 보이고 싶었어
아, 극복이라는 게 무엇인지 알고 싶어졌어

허세를 부리면 겁쟁이로 안 살게 될 것 같아서

수영 선수로 생활하던 중 뮤즈를 만났어요
그의 손과 살짝 스치기만 해도
하얀 종이에 쓰고 싶은 이야기가 범람했거든요

그때는 몰랐어요. 뮤즈가 나를 지하 세계로 인도한 사람이라는 사
실을

어휴 피곤하네요 약 먹을 시간이에요
레퍼토리 인터뷰는 참 픽이나 지겹다 지겨워

2부

동심 지킴이

돌에 걸려 넘어졌더니
앞니에 또 새로운 금이 갔다
친구 어깨에 매운 손을 날리고
뛰어가는 맛이 재미있는데 말이지

친구야 나를 미워하기엔 아직 재미있는 세상이 넓어
그래서 터진 것 같은 웃음을 참는 시간을 제일 좋아해
생동감이 뚜렷한 너의 표정들은 아기자기해서 재밌어

친구의 고자질에 나의 장난 기질을 치료하러
오는 자들이 내 이마에 꿀밤을 날린다

또 장난을 치다가
앞니가 빠지면
새로운 앞니가 솟아나지 않아
인공 앞니를 심어야 해

나는
코딱지 만한 자존심을 지켜려다가 울음이 펑펑

계속 장난을 쳐야 합니다 선생님
동심이 커지지 못하면 헨젤과 그레텔을 못 만나요
그들이 좋아하는 과자집에서 남은 생을 보내기로 했어요

자, 누구 말이 맞을까

정답이 그쪽에 있겠지만
사실 저에겐 정해진 정답이 존재하지 않아요

그래 정답이 한 개가 아니지

그죠 선생님 정답이 무조건 오만 가지
메롱 젤리를 다시 내놓으세요
성년기에 진입한 지 한참 된 선생님은 못 드시잖아요

볼 뽀뽀

오? 어제보다 조금 더 사랑스러워졌네, 네 얼굴

밀려오는 왠지 모를 서운함에 마음이 조금 못돼질래

어? 너의 동글동글 광대뼈에 연분홍 꽃잎이 얹혀 있네

바람이 살짝 불어도 날아갈 것 같아

꽃잎이 달아나기 전에
내 입술이 네 볼에 가까이
야, 미리 왼쪽 가슴을 잡지 마

솔직히 방금 내 심장이 요란해졌어
곧 폭파될지도 몰라

붉은 기가 도는 달콤함

너의 기척이 느껴지면 배꼽에 힘을 밀어넣는다
무의식적으로 내 뇌에서 엉뚱한 활자가 새어 나올까 봐

사과를 먹고 딸기를 낳고
딸기를 먹고 석류를 낳는다
체리를 먹고 앵두를 낳고
앵두를 먹고 자두를 낳는다

익숙한 새로움에 눈길을 던진다
복숭아를 먹고 자몽이 태어난 게
엊그제 같았단 말이지

다시 뒤돌아서 새로운 마음으로 휘파람을 연구한다

순환하지 않는 곳에 오래 머무르면
금방 굶주린 해충들이 몰려온다

떨리는 신호의 온도가 떨어지지 않게

뭐야 말 안 해줘도
다 알 것 같은 너의 숨소리는 제법이네

마지막 사랑니

흉터가 많은 마을에서 환영받지 못한 사랑니가 있다

어금니 잇몸에서 마음대로 성장했다는 이유로 과잉의 대상이 된
사랑니 작은 칼을 말랑말랑한 연분홍 벽에 꽂자마자 주인의 입술
입구가 열린다 소리가 요란해서 꽂힌 칼을 빼서 밖에 던진다 아
무도 모르는 주인은 간호사의 손을 잡고 울음을 삼키려고 눈 한
쪽만 질끈 감는다 전력 조절의 실패로 목구멍이 작아진다 주인이
왜 그러는지 궁금한 사랑니는 까치발로 자기 몸을 일으켜 세운다
사랑니를 버리고 싶은 주인은 의사한테 부탁한다

안 아프게 뽑아주세요 그리고 저 귀가 안 들리니 천천히 말씀해
주세요

네 걱정하지 마세요
아가씨 아니, 선생님

입을 여는 의사는 무의식적으로 속도에 부스터 샷을 가동시킨다
래퍼가 되어 주인의 귀에 설명을 때려박는다
창밖에 춤추는 새들을 구경하는 주인은
의사의 말 흐름을 비트로 삼아서 고개를 끄덕거린다

선생님, 혹시 사랑니한테 작별 인사를 할 생각이 없으세요

네 의사 래퍼님

매일 피를 삼켜서

편도선이 예민해졌어요

네 알겠습니다

발치 후 물을 마시고

빨간 액체를 희석시키세요

삼키지 마시고 내뱉으세요

사랑니는 스스로 숨을 조일 준비를 한다

이미 말라버린 마음이 눈을 감는다

핸드 로션

저기요, 다시 자기소개를 하겠습니다
잠시 당신의 시간을 대출하겠습니다

제 이름은 기억해주세요입니다
나이는 계절 인연과 친구입니다
취미는 30초 숨 참기입니다
직업은 천연 화장품 발명가입니다

단거리를 좋아해서 싫어하고 싶고
장거리를 싫어해서 좋아하고 싶어
당신이 좋아할 만한 것들을 먹어 치웠습니다

네? 설득이 부족하다고요?
자세히 알려고 하지 말아요
자주 나를 짜내서 발라보면
금세 좋아하게 될 거예요

제조하는 과정이 순탄치 않았기에
매일 사과 껍질을 받아야 했습니다

상품명은 당신이 정해주시면 감사하겠습니다

성분을 읽어보시오

[핸드 로션 성분]

재회 120,000ppm

추억 1,000ppm

흔적 1,000ppm

그래서 당신, 제가 제조한 핸드 로션을 구매할 의향이 있습니까?

해몽 일기

꿈쟁이가 되겠다고 결심한 건 열여덟 살 때였다
인생을 시간팔이라고 인지했기 때문이다
현실주의자들의 이성을 몽환적인 꿈의 시선으로
판단하겠다고 비웃음과 약속한 뒤
책상 밑에 들어가서 스스로 웃지 않는 훈련을 거쳤다

안녕 꿈쟁이 .오늘 밤에 나와 같이 침대에서 꿈꽃놀이를 하자

슬픔에 잠기면 아름다운 바보가 되기 쉬워지는 습성이 유난히 눈
물에 강하다
눈물에서 멀어질수록 원하는 작품이 탄생한다

매일 해몽 일기를 작성하면
우주 공기를 마시는 마음이 반짝거린다

잘 후회하고 싶으리라

이대로 오래 살 수 있다고 자부하기엔
해몽 일기를 잘 사랑하겠습니다

꿈이 끝날 때마다
꿈을 잘 낳겠습니다
꿈을 잘 기르겠습니다

사랑해보기로 아니
사랑하겠노라 아니
사랑하라 아니
사랑하리라 아니
사랑이 좋아?

저기요, 왜 물어보죠

그쪽이 먼저 그랬잖아

모두 아니라고 말해야
사랑이라고 정의할 수 있을까
사랑보다 더 아름다운 단어가 어디에 있지

하품하고 눈이 풀린 꿈의 신이 말했지
수많은 비밀을 공짜로 수집하려면
살고 있는 집을 내놓아야 한다고

지난여름 재판정에서 있었던 일

A: 가상의 더운 나라에서 당신의 넉살이 무척 간지럽다 이미 걸친 새끼손가락들 속 작은 구멍을 관찰한다 약소한 앙금이 과분하다 못해 서로가 서로에게 새끼라고 부르지 않기 이미 걸친 새끼손가락의 매듭을 풀지 않고자 서로가 서로를 위해 추운 세계에 방문하지 말기 억한 마음에 냉동한 침묵이 금이 갈 정도로 굳어진다 누가 먼저 선의와 정의를 실험할까

감히 멋대로 함부로

B: 친절함은 어디서 초래되는지를 알고 있냐는 질문을 받으면 어리숙한 척하며 음악을 공부하겠다 추상에 머물고 있다고 답해야 하는가 일시적인 진심이 영원으로 발전하지 못해 행복학개론 연구 자료를 받을 수 있을 것이라고 기대하지 말 것 과학적으로 근거 없는 당당함을 오만이라고 시인하기 전에 서둘러 네 집에 가야겠어 뺏어 간 롤리팝을 되돌려받아야지 원래 너보다 내 세상이 더 예뻤어 둘 중에서 실수한 척 사랑한다는 말을 내뱉으면 이미 얼고 있는 마음이 소금으로 해동되지 그 특유의 맛은 곧 사망 선고를 받겠지 누가 먼저 나약해질까

연애의 판사는 뜬금없이 작년 여름에 헤어진 연인에게 받았던 시 편지를 공개하며 추억한다

각자의 여름에서 꿈꾸는 여름으로

흐르는 땀구슬을 타고 새로운 여름인으로 태어나
우리는 서로 본 적이 없는 사이로 새롭게 새롭게
차디찬 친절함의 끝에서 뜨겁다 못한 나머지
태워버린 우리의 여름을 역주행하다

검사와 변호사는 사랑의 판사가 울음을 멈출 때까지 침묵한다
연애 전담 판사 직업 특성은 다른 판사들과 매우 다르다
감정을 소비해야 이성적으로 매우 아름다운 선고를 내린다

근사하게 헤어지는 것은 어려운 문제가 아닙니다 A 씨, B 씨

B: 존경하는 판사님
저는요 매년 예민한 여름날에
그를 성실히 사랑했습니다 믿어주세요

A: 이의 있습니다 위대하신 판사님
제가요 여름 되면 살이 오른 이별을
방어하느라 힘을 썼습니다
그래서 꿈이 가난해졌습니다

A와 B한테 이별유예 육 개월 권고합니다 서로 서운한 감정이 남
아있다는 것을 확인했습니다 그 흔적이 사라져야 하므로 그 기간
동안 서로 주고받은 편지들을 확인하세요 몰래 진심을 보정하지

마세요 위반 시 구속력이 강화됩니다. 벌금은 책 네 권 제작입니다 원고지 4,000매입니다 이 기간을 잘 지나면 이별을 허가하겠습니다 오늘의 재판을 마치겠습니다 수고 많으셨습니다

지금은 유예 기간이 지났으므로
A와 B는 안전하게 잘 헤어졌다
눈물을 아끼지 않았고
서로 꿈 한 보따리를 선물했다
재결합 금지 서류도 뗐다

뜨거웠던 계절, 안녕

비가 오는 날 속이 울렁이는 아침
어디서 들려오는 고독자의 목소리
또 늑대 울음을 훔쳤네요 우 우우우 우우

빗소리와 함께 걷는 대가로
내 발걸음이 무거워진다
사랑했던 사람이 가벼워지고

별일이 없냐는 그 손투°가
참 무례하게 착했지
조금 그리워하게 될 줄이야

지난여름이 내 피부를 태우고
숨결이 보이지 않는 내 얼굴
키스가 뭐라고 더워라 라라
라면이 좋아 후덥지근한 맛 따위

여름이 운명하기 전에
난 나의 오만함을 용서해
쓸데없이 내 사랑이 퍽 컸어

나를 애정하고 싶은 그들의 미소가 아름다웠지
다시 기억하지 않겠어 여유가 없는 마음을 잠근다

내 에너지를 흡입한 여름

이제 작별 인사를 할게요

내년에 봐요

또 내 성질을 먹게 되겠지만

인디고 블루인의 삶을 훔쳐보기

어두운 광야 속 담배 끝에서 불꽃놀이를 하는 사람들
담배를 문 채로 웃는 소리를 내면 담뱃재가 꽃가루로 태어난다

담배를 가볍게 건드린 손가락 마디가 헐거워진다
어둡고 아프기만 한 추운 저녁의 그늘에서
개방적인 것들이 꿈처럼 선연하다

조금만 더 슬퍼해 주길

차가운 세계에서 담배 연기는 인간의 공허함을 먹고 자란다
인디고 블루를 어루만지는 시간이 부디 그리 처연하지 않기를

그대의 마음은 안녕하신가요

살짝 우연히 흘깃하였지만
의도가 아니었음을 알리고자
허리를 뒤로 젖히며 인사를 전합니다

제대로 인사를 하면 제 의도를 숨길 힘이 없어지니까요

인간이 고뇌하면서 사는 이유

오늘 처음 만난 당신은 거울에 반영되어 다시 새롭게 태어난다
그리하여 어제의 나는 당신보다 젊게 살아본 적이 있어서 곧 죽
는다

옆자리에서 대리님이 스마트폰에 터치하는 소리가 반짝거린다
소리의 집에서 고민 바이러스가 생성되는 모양이다

그 집의 땅을 소유한 대모 지구는
인간들의 생각 무게를 받치느라
한 번이라도 순한 마음으로 침대에서 자고 싶단다
자동적으로 고민 바이러스 씨앗의 맛이 소금인 이유는
바다를 재배하고 키우고 요리하는 직업이기 때문

대리님이 지금 이러고 계시는 것은 대모의 아들이기도
놀랍지 않다 우리는 지구의 자녀들이라 우울감을 갖고 태어났었
지

대모 지구는 우리한테 '원망하지 마라'라는 말을 못하게 한다
자연스레 드립을 즐기는 지구의 자녀들이 급증할 수밖에

암묵적으로 눈칫밥을 제공하는 이 회사에서
대리님한테 걱정을 청소해드리는 나를 상상해본다

대리님, '박제가 되어 버린 천재를 아시오?'°의 이상을 아세요?
특히 한국인들이 양면적인 땅에서 잠시라도 숨을 쉬어야 하니
드립 천재가 될 수밖에 없을 것 같아요 슬프지 않나요

잠시 꿈에서 깨어보니
오히려 나만 건강해지고
대리님의 눈빛이 쇠약해졌다

천체에서도 여전히 시를 쓰고 있을 것 같은
이상 시인한테 문자를 발신한다

당신한테 묻고 싶다
비밀이 없는 세상을 실현할 수 있는 확률은
오직 침묵에 있다고 생각하시나요?

°　이상의 단편소설 「날개」의 첫 문장. 1936년 9월 월간지 《조광》 11호에 발표되었으며 의식의 흐름 기법을 사용했다.

일상예술가라는 직업이 있어야 합니다

너 알고 있었니
쉽게 분노하는 것이
예술의 일종이었음을

다크서클은 병리학적으로 아름답고
폐쇄적으로 많은 영감을 준대
현대 인류의 자화상은 누
내일을 그림으로 읽다
오늘을 글로 그린다
환생한 죄를 짓고
흑야에 하얀 마음을 숨긴다
사냥꾼들의 꾀임에 잠 못 자고

무슨 말인지 못 알아보겠어
뻔하잖아 우리는 초식동물이잖아
당연히 그럴 수밖에 없는 거 아니야?
비상약을 탐사해야 하는 순리라고
여기에 배출을 환영하는 곳이 없다 보니
시체가 될 수 있을지도 모를 신체는
독소의 언덕을 만들기 좋은 곳이지
해방을 맞이한 지 얼마 되지 않았어
급하게 성장해야 하는 환경은
하늘의 뜻에 있다는 걸

잠깐 주저하면 경쟁에 뒤처진다고
목숨 덩어리를 들고 정신없이 계속 스텝을 밟지

얘, 불편하게 논리적으로 두드리지 말아줄래
우리는 가짜 노동으로 가치를 제조하고 있어
구멍에서 솔직학개론을 만들어보는 게 어때
시시한 세상마저 변질될지도 모르는데
일상예술가라는 직업을 제정해야 해
열기가 메말랐어 이성은 곧 강해져서 괴물이 되면 끝!

누 떼는 낭만을 볼 줄 알아?

응 알고 있어 믿음이 안 보이지만

누 떼는 사랑을 이해하고 있어?

응 모를 리가 없어 신경이 거칠지만

누 떼는 인간을 어떻게 생각해?

동정할까 말까 고민하고 있어

누 떼는 환생하면 어디로?

이미 답이 있어 네가 너를 인정할 수만 있다면

미완성적인 도수

두 눈에 보랏빛과 남빛이 섞인 동그라미가 번진다
아릿한 통증에 시력이 힘을 잃어가고

시력측정표는 눈알의 초점을 부담스럽게 지켜본다
안경사는 내게 별일이 없으셨냐고 물어본다
원시와 난시의 차이를 설명하기 위해서

당신의 눈동자는 가여워서
양쪽 렌즈의 균형이 일정해야 합니다
검사를 받고 나서 세상을 어떻게 바라볼 것인지를

땅바닥으로 고개를 숙인다

미래를 보기 지루해졌어

모두 보고 싶어 하는 내 행복은
설마 내 이야기가 아니겠지
겉핥기식 위로를 받을 때마다
울컥하는데 눈물 한 방울조차 안 나와
그런 내가 이미, 다시 다른 사람으로

언니 많이 울지마 죽을까 봐

Y의 환한 미소가 떠오를 때마다
눈부심을 분해하고 싶다

무척 빛났어 터무니없는 열망이 도질 뻔했지

너를 바라보는 안구를 짜내봤자
전하고 싶은 말이 얼마 나오지 못할 거야

황홀의 정의가 무엇이었는지 떠오르지 않아
너한테도 그렇고 내 행복을 고대하는 사람들에게
따뜻한 기운을 보태주기 힘들 거야 이전처럼

안경사님 그 주문서를 폐기해주세요
기다리지 마세요 다시 오지 않을 것 같아서요

어깨 통증

오른쪽 어깨에 장미 씨앗을 심었던 사람은
봄인가 여름인가

얼굴 없는 사람이 누워있는 O를 구원하러 온다
머지않아 땅이 우아하게 춤추는 꽃을 구속하겠지
이러지도 저러지도 못하고 싶은 O는
어깨에 있는 씨앗을 빼낸다
얼굴 없는 사람의 심장에 던진 뒤
창문에서 뛰어내리는 상상을 켠다

그는 O의 손을 붙잡는다
냉랭한 미소가 그녀를 울리기 직전이다

"나 새가 되어 우주로 날아갈 거야"

                              "넌 아직 아니야, 다시 되돌아 와"

"나를 구원하러 오는 자는 무슨 자격으로"

그는 노래를 시작한다 미래를 구매한다면 너는 분명히 세상이 원
한 적이 없는 새로운 사람으로 태어날 것이고 암흑의 세계에 가
려진 곳에서 네가 정말 보고 싶었던 자들과 평화롭게 살게 될 거
야 그러니까 봄과 여름의 경계선에서 꽃을 따서 십자가로 만든

뒤 벅차게 품은 채로 눈 감으렴

할 수 없다 할 수 있다
할 수 없다 할 수 있다

어린애를 빙의한 채
동요를 연주한다
뒤돌아서 창문의 틈에 선다
어이 내가 뛰어내릴 테니까
내 오른쪽 팔을 잡아당겨요
부러지나 안 부러지나
휘리이 휘리이 이이

추락하며 서로 손이 매듭으로 엮이고, 너털너털

O는 얼굴 없는 사람의 손등에 커터칼을 박았다

당신은 나의 추락을 보고 싶었으면서

지난겨울 동안 너 때문에 목이 안 아픈 적이 없다

단 한 번도 좋아한 적이 없는 담배 연기는 회색 눈송이처럼 흩어진다 너는 사랑을 핑계 삼아 건강을 연구하지 않지 나는 설움을 용납할 줄 모르고 싶어 목구멍에서 피를 음미해본다 회색 눈송이들에 얼얼하게 붉어진 너의 왼손 에세 체인지의 세포가 생동한다 핏덩어리를 오물거리는 내 입술이 담배를 무는 네 입술에 맞닿는다 아주 오래 오래 천천히 소망은 설득 혹은 익숙함이 될 것이다 소형 냉동고의 아이스크림을 꺼내 입술에 꾸덕하게 바른다 내 볼을 꽉 꼬집는 담배 냄새에 0.01초의 키스를 선사하지 않기로 했다 기관지가 잠기는 목소리로 말한다

시옷 아 리을 아 이응

눈이 내리기 시작한 날에 너는 철이 없는 짓을 하는데 용감해진다 너를 향한 내 마음의 온도가 내려간다 눈이 계속 내리는 날에 너와 나의 심장 크기를 검사한다 눈바람이 사나워지면 사랑스러움의 승부는 간발의 차이로 너의 것이 된다 폭설로 이어지면 담배 냄새의 생명력이 끈질겨진다 쌓인 눈이 녹으면 편도선이 통통해진다 사계의 끝에서 하얀 송이가 파도 거품을 토한다 결국 나는 너의 입에서 니코틴 가루를 흡입한다 기시감을 닮은 미시감이고 미시감을 닮은 기시감이다

담배 냄새를 수용하게 된 나는 너의 새로운 사람으로

하루에 두 갑 이상 피운 후, 휘-이파람을 내 입술에 건배한 너는
일단 언제쯤에 멋있게 울어볼 생각이야 침을 삼키기 무서운 나를
위해서라도

임시적인 희망의 생명선

오랜만이에요
정의 원리가 무엇인지
모르는 척한다
어색한 눈빛을 가리고

이제야 선약을 실토하는
그 앞에서 무안해진다
괜찮아요 어차피
얼굴만 보고 가려고요
두 분 바쁘실 것 같아서
저 계속 있을 수가 없죠
밥 한 끼 먹고 싶어서
기차 예매를 잊었지만
사실 모르지 않았어요
미소를 못질한다
검은 메모장에
흐릿해진 동공을
도장으로 찍으세요
슬프나요?
그게 뭐죠?
떨리는 속눈썹을 비비고
물컹한 마음을 누르려다가
엉뚱한 방향에 실수로 낙상

길 잃고 시간 버리고

간 작아지고 돈 버리고

나만 유난스러워서 붕괴하겠습니다

부풀려진 심장을 주먹으로 때리기

알람을 끈 카톡앱에 들락거리고

자꾸만 희망을 주는 배경화면을 끈다

갈림길의 제자리에서 빙빙 돈다

괜찮아요

그 어떤 사람도 묻지 않았지만

창피하다고 인정하지 않겠어요

저 사실 용감했거든요 물론 실패했지만

정을 확인해보는 게 별거 아니라고

부끄러움이 내 뺨을 때린다

멍해진 마음으로 나무를 쳐다본다

나무는 정을 보여주는 데 겁이 없습니다

참 대단합니다

쉴 새 없는 시간의 변화에 회전이 빨라질수록

틈의 두께가 얇아지는 이 땅에서 '정'의 의미가 흐릿해진다

입술에 촉촉함을 밤밤, 밤이 되면 우는 연습을 해보겠습니다

3부

미완성인 여름의 영상물

잠깐만 잠깐만

사내의 눈이 제대로 감기지 않았어
덜 감긴 눈에 재생 버튼을 눌러
장례절차 신을 다시 찍자고

레디 액션

한여름밤을 빙의한 사내의 부모는 터질 것 같은 안구를 가려본다
피곤한 새벽의 색이 희망적이기를
조문객들의 고요한 위로가 가늘어진 숨을 부풀린다

컷 컷 컷 잠깐만
되감기를 눌러봐
혼잡하게 느린 스텝 프린팅

아직이야 여름의 백야가 웃을 수 있기엔
저울에 사내의 삶을 올려서 재보자

사내의 아우는 나를 말린다
사내의 누이동생은 내 눈을 가린다

애야, 흘러내리는 숨결의 파도는 곧 멈출 거야

너 여기에 있으면 안 돼, 어디에 가도 네 아빠가 없단다

그럴 리가

내 정신이 멀쩡해요

이 영상물을 완성해야 돼요
이봐 X세대가 열광했던 그 시절로 돌아가자
지독히 아름다우셨던 왕가위 감독님의 가위손을
슬그머니 훔친 듯이 빌려
사내가 사망 선고를 당하기 전에
사내의 청춘을 되찾아서 재생시켜야 해
엄마 뱃속에서 자의로 내 숨을 버려도 늦지 않아

왜 다들 입이 작아졌나요 왜 그래요

늦은 봄이는 사내의 경직된 심장 위에 소금물을 뿌린다
지켜보던 고독한 상이는 무언가를 고백하기 두려워진다

모두 내게 감독직에서 물러나라고 시위한다
나를 지지하는 동료들은 이 작업을 중단한다
믿었던 카메라 감독마저 포기를 권유하고

난 사진 속 웃고 있는 사내를 깨우러 가겠어요

나를 바라보는 시선이 움직이고 있으니까요

당신들도 남몰래 여름의 백야를 희망하잖아요

나만 재생 버튼을 누르겠어요 무슨 수를 써서라도

이미 늦었고, 끝났다는 경고음을 듣지 못하고

사내의 몸을 받치고 있는 침대는 비디오가 되어 잠식 속으로

잠

설늙은이는 이제 더는 현실을 파괴할 구실을 찾지 않기로

유난히 언어가 쇠약해진 요즘 밤에 성스러운 안식을 꿈꾼다
안개 기운을 모아서 만든 종이에 투박한 필치를 기록해야지
냉기가 도는 곳에서 어찌 다정한 말 한마디를 할 수 있겠어

부디 숲의 서늘한 냄새가 외로운 두 눈을
일찌감치 감겨주길 기다린다

뇌의 잔파도가 고요한 새벽을 일렁거린다
사나운 독백을 애써 삼키고

한 평 크기 바닷속에 잠길 수 있도록 해주소서

할미꽃

제가 주는 꽃다발에
당신의 억척스러움이
바스락, 부실해졌습니다
그러니 나는 당신의 허리가
굽어지는 것을 불허합니다

이제 이별 항공사에 문의하겠습니다

천국 명단에서 춘의 이름을 제외해 주세요
방금 아름다움을 목격했기 때문에
애증의 힘이 사랑스러워졌어요
춘이 많이 아프기엔 아직 마음이 여립니다

춘, 난 아직도 당신을 미워하고 싶습니다
꽃다발을 주지 말 걸 그랬습니다
엄청 좋아하는 표정에 오히려
동정이 부유해졌단 말이죠

춘, 거친 손으로 요리하는 음식에
어떤 세월을 보내셨는지 짐작합니다
그래도 남은 생에서
내게 하고 싶은 말을 요리해주세요
당신의 예민한 폭주를 용서할 테니

춘, 무뚝뚝한 내 얼굴에 울지 말아요
저 지금 솔직해지기 쉬운 마음을 밟고 있습니다

내 의견이 밉더라도
빈말을 꾸밀 줄 모릅니다

제발이라고 말하기엔
마음의 결이 이미 녹슬어버린다

촌스럽게 사랑스러워지는 방법

사랑맛 시럽 담배 한 개비
머리카락을 넘긴 위치에 꽂는다
추억의 저장소에서 꺼낸 체리마루 아이스바
왼손 주먹의 구멍에 꾸역꾸역 심는다

덜 마른 시멘트 위에 중심 잡기를 연습하기
정교한 규칙이 가끔 몸에 해로울 때가 있으니까요
스케이트보드를 타는 자세로 지나가는 예쁜 것들을 찰칵

자, 사람들의 웃는 얼굴을 끌어모아서 간직할까요
필름 사진은 오래된 담배의 냄새에서 태어납니다
당신 혹시 아날로그 지지자인가요? 그럼 같이 해요
아, 제가 사랑했던, 사진 찍기를 좋아하는 애연가였어요

제가 좀 온기를 알기 귀찮아서 담배를 피우지 않아요

알게 모르게 별 거 아닌 슬픔이 풍요로워지길
멋있게 웃는 사람이 없으니 실컷 울어주세요
양쪽 손가락으로 당신의 입꼬리를 올려줄게요

저는 얄밉게 키스를 날리는 기술을 가지고 있습니다
사람들이 유감스럽게도 그것을 메롱이라고 인식합니다
체리마루 아이스바는 말장난 재능을 키우는 도구입니다

붉은 과육을 흡입하지 못하면 추억의 힘이 쇠약해지죠

아기 신이 말했죠
미움을 받아도 좋으니
명랑하게 사셔도 된다고

내 꿈은 당신이 앞니 빠진 나를 사랑하게 되는 것
일주일에 한 번씩 피에로 차림새로 돌아다니는 것
울기 싫은 아이의 콧등을 가볍게 툭 건드리는 것

당신도 나처럼 살고 싶잖아요
부끄럽지 않으셔야 합니다
촌스러움에 겁이 없으셔야 하고

오 이제야 당신의 눈에서 물 한 방울이 나오네요
당장 나랑 셀카를 찍어요 놓칠 수 없어

지금부터 당신이 차근차근 귀여워질 겁니다

유치한 장난을 학습하면
솔직해지기 쉬워지고
명랑하게 살 줄 알게 될 겁니다

꿈청

유자야 유자 나의 유자야

해변가에서 애달픈 이름을 고스란히 묻는다
몰래 짭쪼롬한 박하사탕을 바다에 던지면
너의 눈동자에 수심이 깊어질 것임을 잊지 마

꿈을 욕망에 절여서 너만을 위한 꿈청을 완성하느라
사랑이 얼얼하게 무감각해졌어

맛이 조금 떫다 그리 예쁜 맛이라고 볼 수 있기엔

잠잘 때마다 급속도로 죽어가는 너를 보면
아직도 어린애이고 싶은 맛이 연해졌구나

유자야 나의 유자야

꿈청을 티스푼으로 바닷물에 저어 봐
악몽 보균자들이 서럽게 웃게 될 거야

냉동 눈물샘이 보이지 않는 달콤함에 취하기엔
점에서 점으로 뛰어가고 마무리는 달아나고 또 넘어지고

불안하게 다정한, 욕망

나는 갑자기라는 단어를 사랑한다
자꾸만 찾아오는 갑자기에 기댈 수밖에
갑자기는 나의 감정선을 게임기로 조종한다

이제 애인이 된 갑자기는 어제 겨울에 태어나서
차가운 음식을 즐겨 먹는 중이고
내일 여름에 다시 태어날 예정이다

이 글을 읽는 자의 관점에서
내가 수용하는 태도로 보이는 것은
아주 긴 시간 동안 환자의 삶을 산 적이 없어서
순종함의 진실을 모를 수밖에 없다는 것

추워보인다는 말을 내뱉은 낯선 오지라퍼는
아직까지 내가 만든 따뜻한 밥을 먹어본 적이 없다
실존하지 않는 친언니가 보고 싶어져서
어느 누구에게도 다정함을 은폐하기로

울면서 겨자먹기 싫어서 갑자기와 함께
옷장에 들어가서 초콜릿 수프를 먹는다

유혹적인 초콜릿을 먹고 싶은 고통을 관람하기가 즐거워진다

머리카락이 길면 길수록 아름다워진다는 말이 존재하는 이유는
뚜렷하다

머리를 빗고 또 빗고
묶고 또 묶고
감고 또 감고
말리고 또 말리고

표정을 전시하기 싫은 날에
얼굴을 머리카락으로 가린다

주말이 되면 눈물 도우미 '반전'을 고용하고 싶어

정수리 위에 돌고 있는 사악한 천사들이
부끄럼 많은 인간을 간지럽히는 것은 사랑이야

핑크 느와르

님의 목덜미에서 흘러내리는 검은 멜로디의 향수
서툰 손으로 내 머리카락을 만지는 당신의 품에 안기고 싶소
눈을 감으면 내일의 달라질 나를 기대하게 되오

아늑한 벚꽃 야경의 연인들이
미소를 짓는 동안 풍경이 흑백에 스며들었고

당신은 힘이 풀린 눈으로
막대 사탕을 내 입에 끼워 넣는다
반짝거리는 불빛에 초라해진 당신의 등

님이 너무 못났소
내 꿈을 훔치는 네 나라
웃음을 죽이는 도둑
님이 아름답다는 말은
절대로 아니, 아니오

그만하면 안 되겠냐는 님의 눈부신 애원이
단물이 빠지고 있는 사탕을 와그작 부숴버리고

우리 사랑의 엔딩은
총으로 탕탕 맞고
죽는 일이 없기를

너와 나 서로 이 총을
겨눌 수 없게 해주오

아직 끝나지 않았소
보이지 않는 미래에 굴복하는 님의 동공에서
심장박동이 살아있음을

아라에서 꽃잠을 자는 것은 내 소망이오
님이 자몽해진 눈빛에 좋았던 기억을 얘기해주면
내가 가진 소총을 보이지 않는 곳에 묻겠소

질리고 마는 당신은 본 적이 없는 다른 사람을 찾기 시작하고
나는 핏빛 얼룩이 묻어있는 보상 계약서를 내민다

받아야 할 것이 너무 많소
어찌할 것이오

배신할 용기에 영양을 제공하면
사형, 사형이오, 잊지 마오, 잊지 마오

감히

새이니는 감히 시대가 비싸졌다고 말한다
새람이는 행성으로 이민 갈 준비를 한다

새이니는 미리 새람이에게 이별을 예고한다
새람이는 머리 뚜껑을 열고 뇌를 꺼낸다

소주 한잔하자고

별들의 무덤 지상 아래서
그들은 잠옷 차림으로 춤을 몽유한다
뒤틀어진 심장에서 바늘이 솟아나는 통증

오늘보다 더, 내일이 되면 정직하게 살지 말아야지

부끄러운 감정을 잊으면 용감해지기 쉬워진다

성공을 살짝 맛본 사람들이 웃으면서 말한다
이제 잘못이 아니란다 미래를 위해서란다

새이니와 새람이는 아스팔트 위에 누워서 고함을 지른다
누가 더 많이 잘해줬는지 비교질을 하지 말자 우리 꽤 부지런했
어

아, 시대가 비쌀수록 사랑이 가난해지네

외로움에 패배한 빛없는 눈동자들
사랑을 갖지 않기를 원한다
오직 대단해지고 싶은 상상을 실현시키느라
동공을 다가오는 절규에 태워버리고

감히 감히 감히

비싸진 시대에서 유치하게 윙크하기

새이니는 녹지 않은 주먹 크기의 얼음을 던진다
새람이는 기쁜 추억들과 꿈을 매수한다 오늘도 내일도 모레도

차우°

고요한 짜릿함이 좋다면
우리 계속 만나보는 게 어떤가요
설레는 기운을 보드랍게
어루만지고 싶은 떨림을
고해해도 늦지 않을 것 같아서요

차우, 나를 잊지 않아야 해요
배회하는 님의 발자국에
잠들지 못한 외로움이
어제보다 더 아름다워졌어요

숨이 막힐 것 같은 압박이
발가락을 간지럽게 태운다

그대는 이미 알겠죠
한때는 여리고 어렸다는 것을
청려한 시간이었다는 것을
우리는 시대를 잘못 만났고
그리움을 자주 음미해서
입을 여는 시간이 느려졌죠

유대로 쌓이는 은밀함이
잘못된 건축임을 아는데도 불구하고

From 수리첸°°

다만, 널 낭만하고 있어°

빙하는 말한다

녹기 전에 아이스크림을 먹고 싶다고
한 번쯤 이기적으로 아름다워져야 한다고

눈을 감는 순간에 융해 시속이 빨라진다

태양, 본 적이 없는 너와 헤어지는 과정에서
아름답지 않은 순간이 없었어
너는 내가 던진 돌을 세공한다
흘린 피에서 장미 냄새가 활활
안쓰럽고 서툰 너의 문장들을
내 렌즈에 이식한다

네 재주는 예의 없고도 친절하지
그럴 줄 알고 너의 미래를 보고 왔어
죽지 못할 거야 더 외로워지더라도
불살라 버리기에 내 희망을 걸 수 없겠지만

내 속눈썹에서 눈이 내린다

빙하는 입을 제거한다
태양이 미동을 알고 있을 리가

물이 너를 해치지 못할 거야

결말치곤 더러워진다

아직 아이스크림을 모르는 태양

태양은 빙하를 안을 줄 모른다

다만 널 낭만하고 있어
다들 널 염세하고 있어
나만 널 낭만하고 있어

○   신조 타케히코 감독, 〈다만, 널 사랑하고 있어〉(2006)에서 제목 변용.

다시, 풋내기 4월

노크하지 않고 제멋대로 오는 두통
뇌압은 슬그머니 하늘로 올라가네

연둣빛이 반짝거리는 마을에서 구한 약 처방전
입안을 감싸는 페퍼민트 향기
휘파람을 불자마자 풍선처럼 떠 오른 소문

뭉친 고통을 이완시키는 보조제의 색은 숲
산 아래 작고 파릇파릇한 자연 치유 센터
센터장은 시집 장사꾼

초여름의 조짐을 가볍게 타고 그곳으로

사방에 펼친 직사각형의 표지들
머리부터 발끝까지 예쁜 비타민이 많다

앉았다가 일어섰다가 다시 앉았다가

어떤 약을 고를까
맛있는 약을 찾아볼까

시집 장사꾼이 오염된 희망을 세척한다
시집 두 권을 구매한 내게 책 두 권을 선물하고

잘게 파도치는 시선을 창밖으로

펄럭이는 나뭇잎들 사이에
보이는 참새들의 노랫말

참새의 날갯짓에 딴 딴 딴 따라라
추억의 장소에서 주문한 멜론 소다
노란빛 눈 언덕 체리꽃 한 송이
초록빛 바다에서 하얀 거품이 생동한다

마신 후 해가 저물고
방금 떠오르다가 사라진
4월 이야기° 영화 줄거리
사월의 오후 네 시
낭만영양제 네 권

혹시 내 근처에 있나요, 이와이 슌지

○   이와이 슌지 감독의 일본 영화 제목(2000).

노인의 미성 유언은 왜 완성되지 못했을까

나는 너무나 시망스레 젊었지

나를 떠나간 이들은 열심히 불행했고
나를 찾아온 이들은 대충 방황했었지

아무리 생각해봐도 미치지 않는 세상이 없다
어차피 삶은 이미 아름다워질 준비가 돼 있기 때문이고

그때 그랬다

용기가 추락하기 시작한 즈음
미운 사람의 품속으로
오래오래 아프게 춥고 싶었단다
세상이 미세한 떨림을 용납하지 않는

보잘것없어야 할 것들은
무디어짐의 예고가 되어버렸고
지나간 젊음을 기억하고자
시곗바늘을 찾으러 낙원에 갈 때
모두가 갖고 싶은 논리적인 행복이
별의별 낭랑의 언어를 내뱉느라
이상한 일이 빈번했지

그래서 하루를 지나가기 전에
제대로 안녕하는 법을 익혔어

자네, 어른을 싫어하는 마음은 자연의 일종이란다
더 울고 싶으면 순진함을 연기해도 괜찮다고 생각한다

너는 쉴 새 없이

성실히

너를 증오하렴

시간이 오래 걸리더라도
언젠가 기필코
제대로 잘 울게 될 것을!
삶의 순리를 이해하려고 노력하지 마
돌아오는 것은 오직 비관적 사고일뿐

나 같은 늙은이들 말이야 우는 방법을 잊어버려서 얼마나 외로운
지

자네는 그러지 않기를
눈치 보느라 돈을 낭비하지 않기를

늙어갈수록 포기하기가 수월해지거든

동정은 거절하마, 난 자네처럼 나약한 놈이 아니게 된 지 꽤 됐다

자네, 있잖아

사실 두려워

노화에 가까울수록

용서의 힘이 강렬해지고 있어

모든 늙은이가 그렇다는 건 아니지만···

에고 눈알이 빠져나가고

인공 오른손이 바닥에 떨어졌구만

다시 주워서 오···

(연필이 부러짐)

오디즘, 시로 쓴 최초의 분석 보고서

이영숙 | 시인·문학평론가

환상은 현실적인 기초나 가능성이 없는 헛된 생각이나 공상을 의미하지만 예술, 특히 시에서는 현실 속에 존재하지만 은폐되거나 왜곡된 진실 혹은 보이지 않는 것을 드러내는 실천적 행위를 가리킨다. 하나의 개념이 어떻게 상반된 의미를 동시에 지닐 수 있는지를 곰브리치는 일찍이 『The Story of Art』(1950)에서 프랑스 화가 테오도르 제리코가 그린 〈엡솜의 경마〉(1821)를 통해 예시한 바 있다. 당시의 그림이나 스포츠 판화는 말들이 네 다리를 쭉 뻗고 마치 공중을 나는 듯이 묘사되었는데, 그로부터 오십여 년 후 에드워드 마이브리지가 연속 촬영한 〈달리는 말의 동작〉(1872)은 다른 결과를 내놓았다. 질주하는 말은 네 다리를 차례로 땅에서 뗐다가 다시 내린다는 것이다. 마이브리지의 시도는 관습적으로 유통되던 왜곡된 진실을 드러낸 것이었으나, 대중은 이 사진을 사실이 아닌 환상으로 받아들였다. 이 에피소드는 양윤의가 "환상은 앎의 체계와 욕망의 체계, 지식의 담론과 정념의 담론이 위장하고 은폐하는 지점들을 지시한다."라고 말한 바와 같이 우리의 의식과 무의식이 구성한 세계의 관습적 이면의 실체를 보여주었다. "오늘날 부모와 자식 혹은 스승과 제자 같은 일상적 관계망들도 (…) 사랑과 존경이 빠져나간 자리를 우리가 흔히 '예의'라고 부르는 '연극'이 버텨주고 있지 않은가"라는 신형철의 반문도 같은 맥락이다. 현실은 사실과 실재가 아니라 체계와 담론의 산물로서, 대상 간의 이해관계나 정치적 조건 등에 의해 가치와 정의의 기준이 달라진다. 만약 사실과 실재가 우리의 현실 상황을 구성했다면 환상의 자리는 생기지 않았을 것이다.

시는 환상을 담기에 유용한 그릇이다. 현대시에서 환상은 1990년대 이후 중요한 키워드가 되었다. 세계사와 문명사적 급변이 유발하고 견고하던 이념과 근대적 시공간에 대한 회의와 성찰이 찾아낸 출구였다. 그로부터 삼사십 년이 흐르는 동안 환상시는 성년을 지나 보다 원숙해졌고 참여 시인의 층도 두꺼워졌다. 현실과 환상이라는 경계를 넘나드는 숱한 문제작들이 쏟아져 나오면서 환상에 시적 논리를 부여하고 있는 환상적 리얼리티는 환상보다 더 환상 같고 우화 같은 우리 현실 세계의 이면을 투시하고 인간의 내면을 조명했을 뿐 아니라 환상적 상상력을 더욱 풍요롭게 발현하였다. 환상시의 말석을 차지하면서 그 자신이 농인이기도 한 옥지구 시인은 농사회에 무지하거나, 알지만 모른 척하거나, 대놓고 무시하는 청사회를 향해 도발한다. 「오디즘Audism」은 그런 의미에서 〈달리는 말의 동작〉의 21세기 버전이며, 청능주의에 대해 시로 쓴 최초의 분석 보고서다.

글쎄, 당신들의 기준이 내 것이었나

난 절망한 당신들의 눈빛을 관찰하고 싶어

약오르게 울고 나서야 오, 오디즘
난 그대들이 원하는 일원으로 진실하지 못해
굴복하는 연기를 하기 직전에 난 나를 미운 듯이

오, 오디즘

인공 달팽이관 속에 깔린 노이즈에
거의 죽어가는 유리알들이 무질서하게 움직인다

극복해야 해, 살아남을 수 있어
글쎄, 당신들의 기준이 내 것이었나
이러다가 더 결핍될지도 모르고
나를 고백하는 지구력이 초라해지고

이게 최선인가요
다른 방법이 없나요

사회적인 천사들, 나를 하대하는 그대들의 눈빛은 아름답지
그토록 은은하게 사악할 줄도 몰랐지

오, 오디즘, 오디즘

너 지금 어디쯤이니

뒤돌아서 가늘어진 비명으로

나만 아는 곳에서 가시꽃이 피어난다

소리 세포는 이미 영면에 든 지 오래되었다

'청' 완벽주의자들이 흘리는 눈물을 딱딱해진 내 손으로

열광적으로 닦아주느라 눈물 덩어리가 부담감으로

힘껏 나를 가엾게 여기는 것들을

목을 잠기게 하는 영광으로 돌려줄 테니

오 오디즘, 오디즘

*오디즘Audism: 청인이 우월하다고 믿고 농인에게 청인처럼

행동하라고 하는 청능주의

—「오디즘Audism」 전문

청인(聽人)은 '들을 수 있는 사람'을, 농인(聾人)은 '듣지 못하는 사람'을 의미하며 청인은 청각에, 수어(手語)와 비수지(非手指) 기호를 사용하는 농인은 시각에 의존한다. 언어적 다수자와 언어적 소수자로도 지칭되는 이들은 비장애인/장애인으로 분류되거나, 심지어는 정상인/비정상인으로 구분되기도 한다. 있는 그대로 존중받고, 차이로 인해 차별받아서는 안 된다는 보편 정의가 실현되는 곳이 사실과 실재의 현장이다. 그럼에도 농인이 청력이

부족한 사람이 아니라 잘 보는 사람이라는 인식의 전환은 이루어지지 않고 있으며, 가족이나 지인들조차 수어를 배워 그/그녀와 소통하기보다는 인공와우 삽입 등을 통해 그/그녀가 청사회에 편입되기를 더 열망한다. 세계는 청인을 중심으로 기획되었으므로, 그/그녀는 꽤 잘 듣는 농인은 될 수 있을지언정 청인은 될 수 없는 경계에 놓이게 된다.

청인들은 알고 있을까. "인공 달팽이관 속에 깔린 노이즈"(인공와우)를 착용했을 때 "거의 죽어가는 유리알들이 무질서하게 움직"이는 바람에 "쇠구슬이 뇌 속에서 굴러"가는 듯한 두통과 "눈알이 튀어나"(「편두통」)올 것 같은 안구통이 발생한다는 사실을. 그로 인해 청력을 포기하고 왕왕 침묵의 세계를 선택하는 농인들이 있다는 사실을. "극복해야 해, 살아남을 수 있어"라는 말은 용기를 주는 격려보다는 농인의 의지나 노력의 부족을 지적하는 말투에 가깝다는 사실을. "굴복하는 연기를 하"면서까지 노력해도 청사회의 "일원"이 되기는 요원할뿐더러 오히려 "더 결핍"감과 "나를 고백하는 지구력이 초라해"져 막상 농인의 자신감과 자존감은 저하된다는 사실을. "이게 최선인가요/ 다른 방법이 없나요"라고 물으며 "그대들"이 "나를 가엾게 여기"며 "절망"하는 "눈빛"을 감추지 못할 때, 그 "사회적인" "눈빛은 아름답"지만, 내면의 "하대"까지 숨기지는 못한다는 사실을.

애야 누가 뭐래도 훌륭한 사람이 되어야만 해
바보가 되기 싫으면 시각에 의존하지 마
좋은 사람이 되고 싶으면 말을 잘 들어야 해

(중략)

어른들이 말한다 너는 말을 할 줄 알고 착해졌지 타인들을 생
각하는 마음이 예쁘지 혹시 대학교에 진학할 생각이 있는 건
아니지? 직업반에 들어가고 싶지 않아? 설마 문예창작? 국어
국문학과? 얘, 현실적으로 생각해 너 같은 애가 그곳에 가면
과연 사람들이 너를 환영해 줘? 국어시험지를 안 봤어? 그게
딱 네 수준이야

—「ㅍㄱㅅㅇ ㅇㄹㅈ」부분

　　반복적으로 학습하고 주입하면서 청능주의는 시각에 의존해
야 하는 농인에게 "시각에 의존하지" 말고 "말을 잘 들어야" 한다
고 강제한다. 이때 '잘 듣기'의 필요성은 그 자신의 꿈을 실현하
기 위해 청각 기능을 높이기보다 '어른들의 말'에 순종하기 위한
것이다. 이는 사회의 집단 무의식이 농인을 대하는 태도이며, 농
인은 '훌륭한 사람이나 좋은 사람'과는 거리가 멀고, '바보'와 가
깝다는 전제가 깔린 "은은하게 사악"한 인식이 아닐 수 없다. 배
달 음식을 주문하면서 "고객요청"에 "농인입니다/ 필담 필수"라
메모했을 때, 즉시 "가십거리 정보"(「가십거리 정보 영수증」)가 되는
세상이다. 그러나 「오디즘Audism」에는 반전이 있다. "힘껏 나를
가엾게 여기는 것들을/ 목을 잠기게 하는 영광으로 돌려줄" '나'
의 전략은 "절망한 당신들의" "눈물"을 "열광적으로 닦아"줄지언
정 "그대들이 원하는 일원"이 되지 않는 것이다. '그대들이 흘리
는 절망의 눈물'에는 '가엾게 여겨 그토록 친절을 베풀었는데 은

혜도 모르다니!'류의 원망 내지는 분노가 담겨 있다. "글쎄, 당신들의 기준이 내 것이었나"라고 '나'는 되묻는다. 그 "기준"을 따라가지 않고 "꿈쟁이가 되겠다고 결심한 (…) 열여덟 살"(「해몽 일기」) 이래, 옥지구는 "미움을 여행하느라 자아를 부수는 사람/ 무 일푼을 두렵지 않은 척하는 독한 년/ 찬사받아야 할 위치에 횃불을 지핀 나/ 하고 싶은 일들을 실현시킨 혁명가"라는 미래완료형 인물로 거듭나고 있다.

옥지구에게 농인의 정체성은 사실과 실재를 이 세상에 구현하기 위한 환상적 리얼리티의 중요 기제이다. 「오디즘Audism」은 모체로서, 내부에 장착된 또 다른 패턴과 형태의 폭죽들을 연이어 터트리는 방식으로 폭발한다. 현실에 없거나 보이지 않았던 존재와 현상들이 발랄하게 현현한다.

나는 나의 언니가 되어야 한다

Kitsch하게 살래 Hippie스럽게 춤추자
사랑은 곧 Vintage 너와 나의 이름은 High teen

나는 타인들이 싫어하는 것들을 사랑하고 싶고
좋아하는 것들을 끝까지 간직하고 싶은 생명체

나는 나의 언니가 되어야 한다
우월적인 눈빛에 첨예하게 고백하기로

발음이 왜 그렇습니까 아이고 당신의 가족이 참 고통받으셨

겠네요 말씀을 잘 듣고 말 연습을 멈추지 마세요 기도할게요
우리 교회에 오실래요 아니면 제일 친한 의사를 소개해 줄게
머리카락을 귀 뒤로 넘겨 그래야 소리 잘 듣지 얼굴이 예쁜데
참 안타깝군 살도 좀 빼 몇 살이야? 시집가야지 너와는 다른
남자를 만나 결혼해야 정상적인 아이도 낳지

예, 감사합니다

재R

그쪽은 모른다 나는 양면적인 사회가 원하는 사람으로
태어나려다가 굴욕을 구토하지 못한 병으로 죽을 뻔했단 걸
창문 틈에 들어오는 바람을 잔빛이라고 부른다
불쾌한 다정함 때문에 건조한 미소를 딱딱한 침대에 눕힌다

술자리에서 처음 보는 동족들마저 아쉬운 마음에 나를 알고
싶은 척한다

너는 세상을 살아가는데 모르는 게 많아서 문제야 우물 안 개
구리가 될 작정을 했니?
너 4차원이라는 기질이 강하다는 소문을 들었어 유치한 장난
을 자제하렴 왜 그렇게 살아

감히 허락 없이 나의 스승이 되려고 한다 내가 싫어하는 개구
리 시체를 주워서 던질까 말까

(중략)

호불호 뭐라고 호호호 간지러워라
참을 수가 없어서 난 나를 고백하겠어
좋지 않음과 좋음에 선이 없어 이 망할 것들
사람들이 좋아하는 것을 내가 좋아해야 하는 제도가 없지

난 나랑 연애하는 게 더 빠르겠어

―「자유의 시그너처」부분

시의 머리맡에 자리한 Kitsch, Hippie, Vintage, High teen에는 (이것이 자발적, 능동적으로 추구하는 가치일 때 특히) 하나의 공통점이 있다. 고급함에 대한, 기성 문화에 대한, 현대의 인스턴트식 사랑에 대한, 어른 되기에 대한―저항이 그것이다. 미술사나 문예사조를 보더라도 저항은 기존 권위에 대한 반동에서 출발한다. "타인들이 싫어하는 것들"을 '나'는 "좋아하는 것들"로 만든다. "우월적인 눈빛"을 가진 "타인들"의 육성은 편견과 경멸로 가득 차 있다. 처음 만난 '나'가 농인이라는 사실을 알고부터("발음이 왜 그렇습니까") 말투에서 예의가 사라진다. '나'의 고통은 아랑곳없이 '나'의 가족을 연민함으로써 '나'를 타자화시키며("아이고 당신의 가족이 참 고통받으셨겠네요"), 상투적인 충고("말씀을 잘 듣고 말 연습을 멈추지 마세요")에, 진심이 담기지 않은 약속("기도할게요 우리 교회에 오실래요 아니면 제일 친한 의사를 소개해 줄게"-이 대목에서 슬그머니 하대로 전환)을 하고, 잔소리("머리카락을 귀 뒤로 넘겨 그래야 소

리 잘 듣지")에, 노골적으로 인신공격의 무례를 범하며("얼굴이 예쁜데 참 안타깝군 살도 좀 빼 몇 살이야?"), 존재에 대한 부정이 서슴없이 이루어진다("너와는 다른 남자를 만나 결혼해야 정상적인 아이도 낳지"). 어쩌면 이 모욕은 상시적이며, '나'만이 아니라 농사회에 속한 사람들 모두를 향한 것일 수도 있다. "예, 감사합니다"라는 사회적인 응대와, 충고를 가장한 그 허위의식을 "재R"로 규정하는 내면의 소리에서 '나'의 진심은 후자 쪽에 있다. "타인들"은 "양면적인 사회", 곧 청사회와 농사회에서 "원하는 사람"이 되려다가 "굴욕" 때문에 "죽을 뻔했"던 나의 고통에는 관심이 없다. 심지어는 "술자리에서 처음 보는" 농인들마저 "허락 없이 나의 스승이 되려고 한다". 말하자면 옥지구의 "4차원이라는 기질"은 '나'를 동등한 인간으로 여기지 않는 "타인들"에 대한 반동이며 저항이 이행된 결과라고 할 수 있다.

> 나는 나의 언니가 되어야 한다 // (중략) // 난 나랑 연애하는 게 더 빠르겠어

이 의젓한 도발은 가볍되 경박하지 않고, 무겁되 진지하지 않게 시집 전반의 분위기를 주도한다. 옥지구는 주어지는 상황, 곧 "세 살 무렵"과 "다섯 살배기" 때 물과 관련하여 청력을 잃은 후에도 "가끔 물을 지나갈 때면/ 공포는 공포일 뿐이라고/ 소리지르는 낙을 즐겼어요/ 열다섯 살짜리 제가 할 수 있는 것은/ 중2병을 활용해서 노는 것뿐이었죠"라면서도 한발 더 나아가 "난 나에게 멋져 보이고 싶었어/ 아, 극복이라는 게 무엇인지 알고 싶어졌

어/ 허세를 부리면 겁쟁이로 안 살게 될 것 같아서"(「반대편 멀티버스 지구에 사는 20대 논란의 화제 인물 인터뷰: 수심에 관하여」)라는 반동을 잊지 않는다. "돌에 걸려 넘어졌더니/ 앞니에 또 새로운 금이 갔다/ 친구 어깨에 매운 손을 날리고/ 뛰어가"다 "돌에 걸려 넘어"져 "앞니에 또 새로운 금이" 생기고, "인공 앞니를 심"(「동심 지킴이」)더라도 멈출 수 없는 이 "재미있는" 놀이 역시 그 연장선에 있다. "삶이 십팔스러워서 온 세상이 자극적으로 십팔스러워질 수밖에" 없는 세상에서 "스물여덟이 되면 시집만 있는 서점에서 시간과 시를 파는 시팔이"(「멜랑꼴리하고 장난꾸러기 소녀」)가 되는 게 꿈인 '니'의 현실 공간은 환상 혹은 4차원에 가깝다. 인공와우를 끼지 않으면 거대한 침묵으로 변하는 이 혹독한 현실 공간에 옥지구는 「도피자를 위한 피자계 서브웨이」를 건설한다.

도피자를 위한 피자계 서브웨이

도피자들이 오로지 생계를 유지할 수 있는 곳은 피자 가게

받을 수 있는 손님은 오로지 도피자

피자 한 조각 무료 시식을 할 수 있는 손님도 오로지 임시 도피자

도피자가 만든 피자 가격과 종류는 천차만별
토핑 종류는 행성에 맞먹을 정도지

주문 방법은 매뉴얼에 있습니다

농인을 위한 수어 매뉴얼
청인을 위한 구어 매뉴얼
농인을 위한 필담 매뉴얼
청인을 위한 음성 매뉴얼

외국 농인을 위한 국제 수어 매뉴얼
외국 청인을 위한 구어 통역 매뉴얼
외국 농인을 위한 필담 번역 매뉴얼
외국 청인을 위한 음성 통역 매뉴얼

부끄럼이 많은 도피자 손님을 위한 그림 매뉴얼

(중략)

맛있게 드시는 방법에 정답은 없습니다 누가 쫓아오지 않으니 걱정하지 마십시오

사랑하는 도피자님 맛있게 드세요

―「도피자를 위한 피자계 서브웨이」부분

현실이라는 침묵에서 도피한 자들을 위해 모든 걸 갖춘 "피

자계 서브웨이"는 요리사도, 캐셔도, 손님도 모두가 "도피자"들이다. '도피자'와 '피자'의 언어유희에서도 발랄함이 묻어나지만, 이곳은 침묵 대신 활기가 가득하고, 중략된 부분의 [피자 종류]와 [토핑 종류]에는 생의 은유와 유머가 생동한다. "주문 방법은 매뉴얼에 있습니다"와 같은 친절함에는 "불쾌한 다정함"(「자유의 시 그녀처」)이나 가식과 경멸이 없으며, "부끄럼이 많은 도피자 손님을 위한 그림 매뉴얼"도 준비되어 있다. 이 환상적 공간을 4차원이라 부르지 않으면 달리 무어라 하겠는가.

가로축, 세로축, 높이축을 가진 3차원 공간에 시간축을 더한 4차원을 기하학에서 꺼내 현실에 건축한 예술가들은 많다. 쓰즈키 다쿠지의 『4차원의 세계』의 표지화로 인용되기도 한 르네 마그리트의 〈백지 위임장〉(1965)은 현실과 환상을 융합한 공간을 2차원의 평면 위에 구축한 대표적 작품이다.

땅속 다양한 파를 뽑기
양파 대파 쪽파 봄파 일파 실파
먹을 수 있는 파가 소멸 불가

내 땅의 가능성을 캐낸다

아랫입술과 윗입술이 마찰을 일으키고
아주 가볍게 손 키스를 날리듯이
손바닥의 끝을 입술에 살짝 댔다가 파-

할 수 있어 가능해 파-

사소한 의심 파기 불가

채소 파를 자주 드시면

할 수 있는 게 많아집니다

　　　　　　　　　　—「파-」부분

　　수어의 시적 가능성을 보여주는 이 시 역시 평면에 구축한 4차원이다. '할 수 있다, 가능하다'의 농인식 수어 표현인 "파-"를 중의적으로 "채소 파"와 겹쳐 놓고, 또 "파-"의 기의를 "내 땅의 가능성"과 겹쳐 놓으면서 "파-"의 차원을 '내' 생의 전면으로 입체적으로 확장 시키고 있기 때문이다. 「일자의 맛있는 출발」이나 「유리 조각」에서 보여주는 수어 표현도 단지 수어의 재현이 아니라, 사물이나 현상, 관계 등의 시적 소재처럼 기능하면서 시적 다의성을 실험한다. 수어의 무궁한 세계가 지면에 전혀 새로운 언어의 집을 짓기 시작했다. "일상예술가라는 직업이 있어야"(「일상예술가라는 직업이 있어야 합니다」) 할 만큼.

아, 시대가 비쌀수록 사랑이 가난해지네

새이니는 감히 시대가 비싸졌다고 말한다

새람이는 행성으로 이민 갈 준비를 한다

새이니는 미리 새람이에게 이별을 예고한다

새람이는 머리 뚜껑을 열고 뇌를 꺼낸다

소주 한잔하자고

별들의 무덤 지상 아래서
그들은 잠옷 차림으로 춤을 몽유한다
뒤틀어진 심장에서 바늘이 솟아나는 통증

오늘보다 더, 내일이 되면 정직하게 살지 말아야지

부끄러운 감정을 잊으면 용감해지기 쉬워진다

성공을 살짝 맛본 사람들이 웃으면서 말한다
이제 잘못이 아니란다 미래를 위해서란다

(중략)

아, 시대가 비쌀수록 사랑이 가난해지네

—「감히」부분

　사랑이 시대와 함수 관계에 있다는 것은 그것이 물질과 함수
관계에 있다는 것과는 다른 차원으로 다가온다. 후자라면 그것은
어쩌면 현대적 삶의 일반적 진실이 될 수도 있다. 물질이 매개하
는 사랑, 물질의 척도를 보유한 이 시대의 사랑을 우리는 자주 소
비해 왔기 때문이다(아, 드라마를 너무 많이 보았다!). 그런데 '시대

가 비쌀수록 사랑이 가난해진다'는 선언은 좀 낯설다. 더욱이 옥지구는 "*사랑은 곧 Vintage*"(「자유의 시그너처」)라고도 말한 바 있다. 시간이 매개하는 사랑, 시간의 척도를 보유한 이 시대의 사랑 같은 것일까(아, 소설을 너무 많이 읽었다!). 정작 물질도 시간도 아니고, 비싼 건 시대다. "새이니"가 "감히 시대가 비싸졌다고 말"할 때 '감히'에 주의해 보면, 사랑이 비싸질지언정 시대는 비싸지면 안 된다. 그들은 고통("뒤틀어진 심장에서 바늘이 솟아나는 통증")스러워하고, 자책한다("오늘보다 더, 내일이 되면 정직하게 살지 말아야지 // 부끄러운 감정을 잊으면 용감해지기 쉬워진다"). "성공을 살짝 맛본 사람들"에 의하면, 이 시대에는 "미래를 위해" 사랑을 저축해야 한다. 저축할 사랑이 없는 이들은 "오늘도 내일도 모레도" "기쁜 추억들과 꿈을 매수"해야 한다. 시대가 비싸지고 사랑은 가난해지는 이유이다.

　　지난여름이 내 피부를 태우고
　　숨결이 보이지 않는 내 얼굴
　　키스가 뭐라고 더워라 라라
　　라면이 좋아 후덥지근한 맛 따위

　　여름이 운명하기 전에
　　난 나의 오만함을 용서해
　　쓸데없이 내 사랑이 퍽 컸어

　　　　―「뜨거웠던 계절, 안녕」 부분

Y의 환한 미소가 떠오를 때마다
눈부심을 분해하고 싶다

무척 빛났어 터무니없는 열망이 도질 뻔했지

―「미완성적인 도수」부분

짐짓 딴청을 해보지만("키스가 뭐라고 더워라 라라/ 라면이 좋아 후덥지근한 맛 따위"), "뜨거웠던 계절"과 함께 "사랑"도 갔다. "Y의 환한 미소가 떠오를 때마다" "터무니없는 열망이 도질 뻔"한다. 시대가 이기고 사랑은 가난해진 것이다. 그러나 "사과를 먹고 딸기를 낳고/ 딸기를 먹고 석류를 낳는다/ 체리를 먹고 앵두를 낳고/ 앵두를 먹고 자두를 낳는다 // (중략) // 다시 되돌아서 새로운 마음으로 휘파람을 연구한다 // (중략) // 떨리는 신호의 온도가 떨어지지 않게"(「붉은 기가 도는 달콤함」) 사랑을 불 지펴야 할 때가 온다. "단 한 번도 좋아한 적이 없는" "담배 냄새를 수용하게" 됨으로써 「지난겨울 동안 너 때문에 목이 안 아픈 적이 없다」는 불평은 사랑 고백의 다른 말이다. 사랑이 시대를 이긴 것일까. 그렇다. 시대가 비싸서 사랑이 가난해진 게 아니라 사랑이 가난해서 시대가 비싸졌다. 사랑이 비쌀수록 시대는 가난해진다는 역설을 옥지구는 이렇게 돌려 말한 것이다. "배신할 용기에 영양을 제공하면/ 사형, 사형이오, 잊지 마오, 잊지 마오"(「핑크 느와르」). 옥지구는 사랑의 절대성을 믿는다.

어느 누구에게도 다정함을 은폐하기로

나는 갑자기라는 단어를 사랑한다
자꾸만 찾아오는 갑자기에 기댈 수밖에
갑자기는 나의 감정선을 게임기로 조종한다

이제 애인이 된 갑자기는 어제 겨울에 태어나서
차가운 음식을 즐겨 먹는 중이다
내년 여름에 다시 태어날 예정이다

(중략)

실존하지 않는 친언니가 보고 싶어져서
어느 누구에게도 다정함을 은폐하기로

(중략)

정수리 위에 돌고 있는 사악한 천사들이
부끄럼 많은 인간을 간지럽히는 것은 사랑이야

— 「불안하게 다정한, 욕망」 부분

우리 생은 비의에 둘러싸여 있다. "갑자기"가 언제 출현해서
"나의 감정선을 게임기로 조종"할지 모른다. "갑자기"를 "사랑"

하고, "갑자기에 기댈 수밖에" 없어질 때, "갑자기"는 '나'의 "애인이 된"다. "갑자기"는 "불안하게 다정한, 욕망"이어서 "실존하지 않는 친언니가 보고 싶어"지는 감수성 따위를 생성할 뿐 아니라 "부끄럼 많은 인간을 간지럽"혀서 "사랑"을 일깨우는 "사악한 천사들"의 역할을 자초한다. "갑자기"로 인해 "어느 누구에게도 다정함을 은폐하기로" 해보지만, 글쎄, 잘 될지는 아무도 장담하지 못한다. "갑자기"가 없으면 옥지구는 다음과 같이 빼어난 시를 쓰지 못했을 수도 있기 때문이다.

제가 주는 꽃다발에
당신의 억척스러움이
바스락, 부실해졌습니다
그러니 나는 당신의 허리가
굽어지는 것을 불허합니다

이제 이별 항공사에 문의하겠습니다

천국 명단에서 춘의 이름을 제외해 주세요
방금 아름다움을 목격했기 때문에
애증의 힘이 사랑스러워졌어요
춘이 많이 아프기엔 아직 마음이 여립니다

춘, 난 아직도 당신을 미워하고 싶습니다
꽃다발을 주지 말 걸 그랬습니다
엄청 좋아하는 표정에 오히려

동정이 부유해졌단 말이죠

춘, 거친 손으로 요리하는 음식에
어떤 세월을 보내셨는지 짐작합니다
그래도 남은 생에서
내게 하고 싶은 말을 요리해주세요
당신의 예민한 폭주를 용서할 테니

춘, 무뚝뚝한 내 얼굴에 울지 말아요
저 지금 솔직해지기 쉬운 마음을 밟고 있습니다

내 의견이 밉더라도
빈말을 꾸밀 줄 모릅니다

제발이라고 말하기엔
마음의 결이 이미 녹슬어버린다

—「할미꽃」 전문

아마도 ('나'의 할머니일 듯싶은) "춘"에게 "꽃다발"을 준 동기
는 따로 있겠지만, 이것이 의례적인 게 아니라 '갑자기' 벌어진
이벤트 느낌을 주는 것은 "춘"의 "억척스러움이/ 바스락, 부실해
졌"고, "엄청 좋아하는 표정"을 보여주었다는 데 있다. '나'는 비
로소 처음 보는 듯한 시선으로 "춘"을 '발견'한다. 당신의 허리가
굽었다는 것, 천국 명단에 이름이 올라갈 만큼 나이 들었다는 것,

몸이 아프다는 것, 오랜 세월 요리하느라 손이 거칠어졌다는 등의 객관적인 사실을 통해 나는 자신의 주관적 진실에 도달하게 된다. 나는 당신의 허리가 굽어시는 것을 불허하며, 이별 항공사에 문의해 천국 명단에서 춘의 이름을 제외해 달라고 요청하려 한다. 애증은 사그라지고, 당신 마음의 여린 부분이 짚어진다. 한편 이것이 동정심이 아닌가 싶어 나는 오히려 역설적으로 당신을 미워하면서 꽃다발을 주지 말 걸 하고 후회한다. 서사와 감정을 걷어낸 후반부가 시의 백미인데, "춘"에 대한 애정을 고백하면서 옥지구는 마치 우리의 공감 능력을 예리한 시선으로 탐구하는 것만 같다. 이 부분에 어떠한 군더더기를 붙이는 것도 "불허"한다는 듯.

　　안녕 친구들, 겨울이 지나가기 전에
　　꽃 피는 걸 보고 싶으면
　　자기 뼈를 깎아야 한대

　　절망을 여러 번 씹어 봐
　　은은하게 반짝이는 빛의 맛이 느껴질 거야

　　─「시인의 말」 전문

　　옥지구는 첫 시집 『어느 누구에게도 다정함을 은폐하기로』를 내면서 "꽃 피는 걸 보고 싶으면/ 자기 뼈를 깎아야" 하는 과정을 적나라하게 보여주었다. 슬픔을 간직한 채 "절망을 여러 번 씹어" "은은하게 반짝이는 빛의 맛이 느껴질" 때까지 현실과 환상을 자유자재로 넘나들었지만, 그 자신은 경계인이 아니었다. 모험심과 저항 정신과 발랄함이 내내 동행하였다. 시 속으로 '끌려 들어가' 아름다워지지 않으려고 저항했지만, 속수무책이었다. 우리는 옥지구의 빛깔로 물들었다. "혹시 저라는 인간은 당신인가요". 그녀가 물었고, 이제 당신이 대답할 차례이다.